AF509640

UNE CORRECTION MÉRITÉE

ABBÉ L. BRIAULT

TOLRA - ÉDITEUR - PARIS.

UNE CORRECTION MÉRITÉE

E service des voyageurs qui vont de Perpignan à Arles-sur-Tech, en passant par Amélie-les-Bains, est fait par des diligences qui, bien qu'attelées d'excellents chevaux de Tarbes renommés pour leur vigueur et la rapidité de leur allure, ne mettent pas moins de quatre à cinq heures, en raison des nombreuses côtes qu'il faut gravir au pas, pour franchir les trente-six kilomètres qui séparent ces deux localités.

Jusqu'à Céret la campagne peu accidentée est insignifiante. A part les cimes neigeuses du Canigou qu'on aperçoit au loin, lorsque le ciel est clair, rien ne mérite de fixer l'attention. Aussi les voyageurs qui font ce trajet n'ont-ils d'autre ressource, pour tromper les ennuis de la route et en abréger la durée, que de s'abandonner au sommeil ou de lier conversation entre eux.

Cette conversation entre individus étrangers les uns aux autres, lorsqu'ils sont gens d'esprit et de bonne éducation, n'est pas toujours sans charmes, et plus d'une fois il est arrivé que des amitiés durables ont pris naissance dans ces affreux intérieurs de voitures publiques où un tête-à-tête forcé de plusieurs heures établit entre les voyageurs une intimité qui se prolonge parfois bien au-delà du chemin qu'ils ont parcouru ensemble.

Par contre, il arrive aussi que grâce à ce tête-à-tête imposé à des gens d'humeur, d'éducation et d'opinions différentes, il s'élève entre eux des discussions qui n'ont rien d'amical, voire même des dis-

putes et des querelles qui tournent quelque-
fois au tragique.

Ces deux cas, qui ne sont pas rares,
se sont présentés en même temps pendant
un voyage que je fis l'année dernière dans
les Pyrénées.

J'avais pris, le matin, la diligence de
Perpignan, à destination d'Amélie-les-
Bains. Nous étions douze voyageurs. Quatre
montèrent avec le conducteur. La voiture
n'ayant pas de coupé, le reste avait dû
s'entasser dans l'intérieur. Je me sers à
dessein du mot entasser, car où quatre
personnes auraient pu, à la rigueur, trouver place, nous avions été obligés de nous
loger huit. C'est dire combien nous étions
à l'aise, et aussi combien il nous tardait
d'arriver au terme du voyage.

Voici dans quelle disposition nous
étions placés. Ce détail a son importance
pour la clarté du récit qui va suivre :

Dans le fond de la voiture, à droite,
deux dames très respectables, l'une âgée

d'environ cinquante ans, l'autre de trente; au milieu d'elles une mignonne petite fille d'une dizaine d'années, et près de la portière un vieux monsieur décoré. En face des dames, un gros homme ventru, joufflu, bourru à rendre un ours jaloux, genre mauvais commis voyageur; à côté un militaire, sous-officier de dragons, d'une taille athlétique, l'air jovial et bon enfant; près de lui une bonne vieille religieuse et enfin votre serviteur.

Quand la lourde voiture s'ébranla avec son bruit assourdissant de grelots et de vieille ferraille, c'était à ne pas s'entendre. Personne, du reste, ne songeait à entamer la conversation, chacun ayant assez à faire de serrer les dents, pour ne pas se mordre la langue, tout le temps que la diligence roula sur les pavés cahoteux de la ville.

Le premier quart d'heure se passa donc dans un silence complet à peine interrompu par deux ou trois chuchotements de la petite fille, ce qui naturellement

J'avais pris le matin la diligence de Perpignan (page 9).

attira l'attention sur elle. C'était une ravissante enfant blonde, avec de grands yeux noirs, d'une intelligence et d'une vivacité extraordinaires. Une luxuriante chevelure, à reflets dorés, s'échappant d'un joli petit chapeau qui lui allait à ravir, tombait en boucles soyeuses sur ses épaules qu'elle cachait entièrement. Sa petite bouche fraîche et vermeille comme un bouton de rose, était un continuel sourire où se lisait la candeur de son âme et peut-être aussi quelque chose de la malicieuse gaîté de son caractère. Il était difficile de la voir sans s'intéresser à elle.

Depuis un instant elle était occupée à caresser, avec une sorte de respect, la poignée du grand sabre que le militaire était obligé de tenir à la main, entre ses jambes, pour ne pas gêner ses voisins, et déjà, rendue plus hardie par le regard bienveillant du dragon, elle avait enroulé autour de son bras la torsade qui pendait à la garde de son arme redoutable.

Tout à coup, le gros homme du fond fit un mouvement d'impatience très accentué. Les longues jambes du sous-officier le gênaient probablement, car nous entendîmes celui-ci dire : « Ma foi, monsieur, je ne peux pourtant pas les mettre dans ma poche. »

Comprenant sans doute la justesse de l'observation, le gros voyageur ne répliqua pas. Mais se peletonnant sur lui-même, il s'enfonça dans l'angle de la voiture, et prit la posture d'un homme qui va faire un somme.

En effet, il n'avait pas pris cette pose intéressante depuis cinq minutes, qu'il fit entendre un ronflement formidable, à la grande joie du militaire et de sa petite voisine qui poussa un bruyant éclat de rire.

Tous les regards se portèrent sur le dormeur lequel, ouvrant les yeux en ce moment, et se voyant le point de mire de de toute l'assistance, en éprouva un sensible mécontentement. Son front se plissa, son visage, de rouge qu'il était, devint cramoisi, il était visible qu'un accès de colère lui montait au cerveau. Personne n'eut l'air d'y faire attention.

Elle était occupée à caresser la poignée du grand sabre (page 12).

Les dames se mirent à causer entre elles, le militaire agaçait la petite fillette, la bonne religieuse disait son chapelet, j'échangeais quelques paroles avec mon voisin de face. Tous, nous paraissions avoir oublié le gros monsieur quand, soudain, nous le vîmes se secouer avec fureur, mettre non sans peine, tant il était gêné, la main dans sa poche, et en tirer une... pipe énorme.

Le mastodonte voulait se venger.

Ses gros yeux à fleur de tête, nous fixèrent les uns après les autres, comme pour nous narguer et nous défier de l'empêcher de fumer. Personne ne souffla mot. Nous le regardions faire ses préparatifs. Alors lentement et avec force soupirs qui ressemblaient à des grognements d'hippopotame, il bourra sa pipe. Quand cette opération fut terminée, il fit partir une allumette. Déjà il l'approchait de ses lèvres, quand le vieux monsieur décoré lui dit poliment, mais d'un ton très ferme : « Monsieur, un homme bien élevé ne fume jamais devant des dames

Il prit la posture d'un homme qui va faire un somme (page 13).

Il fit partir une seconde allumette (page 18).

sans leur en **avoir** demandé la permission. »

— Ça, c'est l'ordonnance, ajouta le militaire d'un air narquois.

— Je me moque pas mal de l'ordonnance, répondit insolemment le gros monsieur, je fumerai quand même.

Et il fit partir une seconde allumette, la première venant de s'éteindre.

Ce que voyant, les dames tirèrent leur mouchoir et la fillette se prit le nez à poignée, d'un petit air comique qui prêtait véritablement à rire.

L'allumette allait faire son office quand le sous-officier, sans plus de façon, souffla dessus.

Le gros monsieur eut un soubresaut et ébaucha un geste menaçant. Le soldat, riant dans sa moustache, ne semblait nullement inquiet des suites possibles de l'acte un peu sans-gêne qu'il venait d'accomplir.

— Vous voulez m'empêcher de fumer,

hurla le gros monsieur, parce que la fumée embête les nonnes et les curés. Eh bien ! vous ne réussirez pas !

— Pardon, riposta le dragon, avec un sang-froid imperturbable et un accent où perçait une pointe d'ironie très prononcée, je n'ai pas l'honneur d'être nonne, ni curé, moi. Eh bien ! j'ai le regret de vous déclarer que je ne puis supporter la fumée du tabac. Ça me donne sur les nerfs.

— J'en suis fâché.

— Moi aussi... pour vous.

— Mais je fumerai quand même.

— Vous ne fumerez pas !

— Qui m'en empêchera ?

— Moi !

— Vous ?

— Oui !

— Comment ?

— Essayez, vous allez voir !

Cette fois, le soldat ne riait plus. Sa parole était brève, saccadée, sa voix vibrante. On sentait que sa menace ne serait pas vaine et que le gros monsieur allait trouver à qui parler.

Celui-ci le comprit. Jugeant sans doute la partie trop inégale et la galerie mal disposée en sa faveur, il rengaîna piteusement sa pipe et ses allumettes en disant pour se donner une contenance :

— Oh ! ce n'est pas que j'aie peur du dragon.

— Ni moi non plus, riposta la fillette d'un petit air espiègle.

Et, ce disant, elle posait ses menottes blanches et potelées sur la grosse main du militaire ; ce qui fit rire tout le monde, excepté, bien entendu, l'infortuné fumeur.

Celui-ci ne sachant pas quelle figure prendre, et voulant, néanmoins, se venger de la violence qui lui était faite, se mit à bougonner dans son coin, assez haut pour qu'il nous fût possible de comprendre qu'il n'avait pas précisément, les militaires, les nonnes et les curés en odeur de sainteté. Puis, élevant la voix, fit une sortie en règle contre le Pape, contre l'Eglise, contre les nigauds de bourgeois qui allaient à la messe et les imbéciles de femmes qui allaient à confesse.

Deux ou trois fois, je fus obligé de supplier du regard le vieux monsieur décoré, que je voyais sur le point de prendre la parole pour le remettre vertement à sa place, afin qu'il n'en fît rien et laissât la fureur de cet énergumène tomber faute d'aliment.

J'eus tort, sans doute, car notre silence sembla l'exaspérer davantage. Peut-être aussi le prit-il pour de la frayeur ou de la lâcheté. Alors, sa faconde redoubla. Aux moqueries et aux impiétés banales qui ont cours dans la rue et dans les mauvais journaux, succédèrent, dans sa bouche, les plus horribles blasphèmes.

Le militaire l'écoutait, impassible ; la pauvre vieille religieuse tremblait de tous ses membres ; les dames étaient pâles d'émotion ; la petite fillette, debout, presque en face de cette brute, le fixait avec un singulier regard; ses grands yeux noirs, pleins de fauves éclairs, semblaient vouloir le pétrifier. Les narines dilatées, les dents serrées, les lèvres presque blanches et

— Qui m'en empêchera? (page 19).

En même temps, une petite main nerveuse et rapide s'abattait sur
son répugnant visage (page 25).

convulsivement agitées, on eût dit une petite lionne en fureur qui allait s'élancer sur sa proie.

Fier sans doute du succès obtenu, et aspirant à un triomphe encore plus complet, le gros malotru reprit sa kyrielle d'insultes et d'outrages. Ne sachant plus à qui ni à quoi s'en prendre, ce fut aux miracles de Lourdes qu'il s'attaqua et sur lesquels il déversa tout le fiel et toute la haine qui remplissaient son âme. Puis, comme pour mettre le comble à notre horreur et à notre épouvante, il osa, le misérable ! s'adressant directement à la Mère de Dieu, à la Vierge Immaculée, vomir contre elle le plus abominable blasphème qui soit jamais sorti de la bouche d'un réprouvé.

Mais là devait s'arrêter son triomphe ; car, à peine eut-il prononcé cette dernière infamie qu'aucune plume ne saurait transcrire, qu'on entendit une voix d'enfant s'écrier : « Oh ! c'est trop fort ! » et qu'en même temps une petite main, nerveuse et rapide comme la pensée, s'abattait, avec un bruit éclatant, sur son répugnant visage.

C'était notre petite compagne de voyage, cette enfant de dix ans, qui, outragée dans sa foi et dans les plus nobles sentiments de son âme par le grossier langage de cet homme, et ne pouvant se contenir davantage, venait de venger la Reine du ciel et soulager nos cœurs indignés et prêts à faire explosion.

Ce fut, pendant une minute, une confusion impossible à décrire. Tous, nous étions debout, tendant les bras pour protéger l'héroïque enfant contre la fureur du gros monsieur qui, rouge de honte et de rage, cherchait à s'élancer sur elle.

— Bravo! bravo! criait le militaire, riant jusqu'aux larmes; bravo, la petite! Bien appliqué, et surtout pas volé!

— Marie! Marie! disait la mère effrayée et sur un ton de reproche qui n'était pas bien sincère, qu'as-tu fait là?

Et l'enfant, toujours fièrement campée en face de son ennemi, de répondre avec un petit ton décidé :

— Ah! si je ne m'étais pas fait si mal, je lui en aurais bien donné une autre, à ce gros vilain!

Comment garder son sérieux en entendant une pareille répartie?

Un fou rire gagna tous les voyageurs, augmentant la fureur du gros monsieur, qui fit un nouvel effort pour se relever.

Mais la main robuste du dragon s'aplatit lourdement sur son épaule et le maintint immobile sur son siège, ce qui lui fit comprendre qu'il avait trouvé son maître.

— Allons, allons, monsieur Bourru, lui dit le jovial soldat, soyons calme, ne nous emportons pas. Vous avez tout le sang à la tête... et surtout à la joue! Faut pas vous rendre malade... Vous savez, une attaque d'apoplexie, c'est bien vite arrivé. Dans tous les cas, continua-t-il, sur un ton plus sérieux, en lui montrant l'enfant qu'il attira près de lui, rappelez-vous bien que cette petite, c'est sacré, et que je vous défends (et il accentua énergiquement ces dernières paroles) d'y toucher, même du bout des doigts, sans ma permission.

— Alors, tuez-moi donc tout de suite!

exclama le malheureux, avec un air de profond découragement.

Un fou rire gagna tous les voyageurs (page 27).

Je ne me fis pas faute de la faire causer (page 36).

— Dame ! reprit l'impitoyable soldat, vous êtes bien assez gras pour çà.

La scène devenait épique. Le gros homme, baigné de sueur, démonté, abasourdi par la verve railleuse du brave militaire, et tenu en respect par sa force herculéenne, semblait anéanti.

Il sentait, il voyait tous les regards fixés sur lui, tous les sourires ironiques qui se dessinaient sur les visages de ses compagnons de route, et ce spectacle achevait de lui faire perdre le peu de cervelle qui lui restait.

Dieu seul savait comment cette lutte, où le sang n'avait pas encore coulé, allait finir, quand tout à coup la diligence s'arrêta.

Nous venions d'arriver à Céret, où se fait le relai de poste. Trop occupés de ce qui se passait à l'intérieur de la voiture, nous avions traversé la moitié de la ville sans nous en apercevoir.

Pendant qu'on changeait de chevaux,

nous mîmes pied à terre, afin de nous dégourdir les jambes et rendre un peu de souplesse à nos membres soumis à la torture depuis deux grandes heures. A peine descendus, nous vîmes notre gros compagnon entrer dans un café, où sans doute il se fit servir quelque chose de réconfortant pour se donner du cœur. Pendant ce temps-là, le brave sous-officier humait un excellent cigare que le vieux monsieur décoré lui avait offert, et il ne paraissait pas que ses

Le brave sous-officier humait un excellent cigare

nerfs dussent le moins du monde en être incommodés.

En attendant le signal du départ, nous énumérions entre nous, et en riant tout à notre aise, — ce qui avait l'air d'intriguer passablement les curieux, — les divers incidents de la comédie dont nous venions d'être les témoins et, plus ou moins, les acteurs.

Pas n'est besoin de dire que la belle petite Marie eut, en dépit de quelques timides reproches que lui adressa sa maman, tous les honneurs de la journée. C'est elle qui avait frappé le grand coup et décidé de la victoire. Aussi les caresses et les compliments ne lui furent pas ménagés.

A partir de ce moment, ce fut la grande amie de tout le monde; et je crois que si, à cette heure, nous eussions aperçu une boutique de pâtissier sur la place de Céret, elle eût été entièrement dévalisée à son profit.

Il se trouva, par un heureux hasard, que nous devions tous nous arrêter à Amélie-les-Bains. Il fut alors décidé qu'afin d'avoir plus longtemps le plaisir de demeurer ensemble, nous nous logerions au même hôtel.

Quand le moment de remonter en voiture fut venu, nous aperçûmes le gros monsieur qui parlait bas à l'oreille du conducteur, et nous entendîmes celui-ci lui répondre :

— Pas moyen, mon bourgeois, l'impériale est au grand complet.

L'infortuné, qui nous avait sans doute en horreur, avait demandé à changer de compartiment. Son mauvais destin s'y était opposé. Force lui fut donc de reprendre son coin du fond.

En raison de la place qu'il occupait, il devait monter le premier. Nous nous écartâmes avec respect pour le laisser passer, et le joyeux dragon, avec une galanterie toute française, fit même le mouvement de lui tenir le marche-pied.

Par une attention non moins délicate, le monsieur décoré abandonna le coin qu'il occupait à la portière et alla se placer vis-à-vis du gros voyageur. Je me mis à sa suite, puis vint la fillette et enfin sa mère. La vieille dame, qui était la grand'maman, s'ins-

Je ne suis pas riche, mais je vous enverrai une belle image (page 37).

talla à la place plus confortable que je venais de quitter.

Les événements qui étaient survenus pendant la première partie du voyage avaient établi entre nous une subite intimité, qui se traduisit bientôt par une charmante causerie à laquelle chacun prenait part, sans se préoccuper de l'ennemi qui boudait dans son coin. Avec la générosité des grandes âmes, nous ne voulûmes pas abuser de la victoire, et, d'un commun accord, nous abandonnâmes le vaincu à lui-même.

Me trouvant, par suite du nouvel arrangement, le voisin de notre petite héroïne, je ne me fis pas faute de la faire causer, d'autant plus que son babil était intéressant et amusant au possible.

J'appris d'elle qu'elle avait déjà fréquenté le catéchisme et devait faire sa première communion l'année suivante; qu'elle habitait Poitiers avec sa maman et sa grand'maman, sur la paroisse de Sainte-Rade-

gonde, et qu'après sa première communion, elle devait entrer à l'Assomption,
pension renommée de la ville.

Tout le monde prêtait l'oreille à son
gentil babil.

Je lui dis :

— Eh bien ! mademoiselle Marie, puis-
que vous devez communier l'année pro-
chaine, si vous êtes assez aimable pour me
faire part du jour de votre première communion, je vous promets, pour ce jour-là,
un beau chapelet monté en argent.

— Moi, ajouta aussitôt le monsieur décoré, je vous enverrai un beau livre relié
en ivoire.

— Moi, poursuivit la bonne religieuse,
je ne suis pas riche, mais je vous enverrai
une belle image.

— Accepté ! accepté ! s'écria la charmante enfant, en frappant ses petites mains
l'une contre l'autre, avec une joie qui n'a-
vait rien de factice.

Puis, tout à coup, redevenant sé-

rieuse et regardant le militaire avec un petit air interrogateur, elle semblait dire :

— Et vous, monsieur le soldat, que me donnerez-vous ce jour-là? Je serais si contente d'avoir quelque chose de vous!

Le pauvre garçon le comprit, et lui, si vaillant et si gouailleur, il n'y a qu'un instant, se troubla devant ce doux regard d'enfant.

— Je suis bien embarrassé, dit-il (et il l'était réellement), tout ce qui peut vous faire plaisir dans un si beau jour, on vous l'a promis, et il ne me reste plus rien à vous offrir.

Elle réfléchit une minute... — Voulez-vous que je vous tire d'embarras, fit-elle aussitôt, et que je vous indique ce que vous pourrez faire pour moi? Et en disant ces mots, elle avait repris ce petit air espiègle dont j'ai parlé plus haut et dont rien ne pouvait rendre la finesse et le charme.

— Volontiers, mademoiselle, répondit l'excellent jeune homme, tout heureux de pouvoir à son tour promettre quelque chose à sa petite amie.

— Eh bien! reprit la malicieuse enfant, je vous écrirai aussi à vous, pour vous faire connaître le jour de ma première communion. Ce jour-là, écoutez bien ! vous viendrez à l'église, à l'autel de la sainte Vierge et vous direz votre chapelet à mon intention : voilà tout ce que je veux de vous.

Notre petite Marie donnait sa première leçon de chapelet (page. 43)

Le malheureux dragon eût entendu sa sentence de mort qu'il ne fût pas devenu plus pâle.

— Mais, mademoiselle Marie, balbutiait-il avec effort, c'est que... c'est que... voyez-vous, je ne sais pas dire le chapelet, moi. Songez donc, un soldat! un dragon!

Mais elle, l'interrompant :

— Alors, vous refusez?... c'est bien ! je m'y attendais. Et digne, fière comme une petite reine outragée, elle reprit son sérieux.

Le militaire eut comme un geste de désespoir. Puis, semblant prendre une résolution subite, il saisit les mains de la chère petite et s'écria·

— Oui, mademoiselle Marie, oui j'accepte... Au jour fixé, je dirai un chapelet pour vous, mais avant j'ai une grâce à vous demander.

—Laquelle? fit la petite, avec un accent où l'on sentait passer comme une vague inquiétude.

— C'est que vous m'apprendrez d'abord à le dire.

— Ah! pour cela, oui, je vous le promets, répondit-elle vivement. Dès que nous serons arrivés à Amélie, je vous donnerai la première leçon; et ce sera avec plaisir, je vous assure.

À dater de ce moment le pacte fut conclu, et tout porte à croire qu'aucun de nous n'oubliera de remplir les engagements pris dans une circonstance si solennelle et si... originale.

Le reste du voyage se passa sans nouveaux incidents.

Quant nous fûmes arrivés à Amélie, nous descendîmes au grand hôtel Pujade et prîmes en courant possession de nos chambres. Puis, après une légère collation, tous ensemble, en famille, nous fîmes une première excursion sur les bords escarpés du Tech. Promenade charmante pendant laquelle, sans avoir l'air de le remarquer, nous aperçûmes, à un moment où ils se croyaient seuls derrière un énorme rocher, notre chère petite Marie occupée à donner, au sous-officier de dragons, sa première leçon de chapelet.

C'était un tableau d'une grâce infinie et digne du pinceau d'un grand artiste.

Le soir, quand nous rentrâmes, pour le dîner, dans la vaste salle à manger de l'hôtel, quelle ne fut pas notre surprise de voir notre gros compagnon de route, mangeant, seul, à l'extrémité de l'immense table d'hôtes. L'infortuné jouait de malheur, car bien certainement ce n'était pas avec l'intention de se retrouver avec nous qu'il était descendu au même hôtel. Le hasard seul lui avait joué ce vilain tour.

Néanmoins, nous fûmes rassurés sur son compte en constatant que les émotions du voyage ne lui avaient pas enlevé l'appétit.

— Il n'est pas gêné par ses voisins, murmura le militaire, ce n'est pas comme ce matin.

— On dirait Robinson dans son île, ajouta notre petit lutin.

Entendit-il cette réflexion de sa terrible ennemie ? s'aperçut-il du rire étouffé à grand'peine qu'elle excita parmi nous ? Toujours est-il qu'en moins d'une minute il eût achevé son dîner — qui durait à la vérité, peut-être depuis une heure, — et prit la porte de sortie qu'il referma sur lui avec un fracas épouvantable

Paris. — Imprimerie Vte Albouy, 75, Avenue d'Italie. — Paris